AF396906

ADRIEN,

OPÉRA

EN TROIS ACTES,

Représenté pour la première fois, sur le Théâtre
DE LA RÉPUBLIQUE ET DES ARTS,
le 16 Prairial, an VII,

PRIX: 1 fr. 50 cent.

A PARIS,

De l'Imprimerie de BALLARD, Imprimeur dudit Théâtre,
rne des Mathurins, N°. 328.

AN VII DE LA RÉPUBLIQUE.

Paroles du Citoyen HOFFMANN.
Musique du Citoyen MÉHUL.

ACTEURS ET ACTRICES
CHANTANS DANS LES CHŒURS.

CÔTÉ GAUCHE.		CÔTÉ DROIT.	
Citoyennes.	*Citoyens.*	*Citoyennes.*	*Citoyens.*
Launer.	Le Cocq.	Duchamp.	Devilliers.
Maker.	L'Hoste.	Himm.	Deville.
Gambain.	Putheau.	Hauzon.	Aubé.
Duchêne.	Gonthier.	Dubois.	Flanchée.
Mullot.	Varlet.	Petit.	Adrien.
Vadé.	Martin.	Vaillant.	Picard.
Pioche.	Rey.	Royer.	. . . .
Mente.	Tacussel.	Florigny.	Delboy.
Soinville.	Leroux aîné.	Delboy.	Duchamp.
. . . .	Chevrier.	Chevrier.	Briel.
	Leroux 3ᶜ.	Valin.	Cholet.
	Nocart.		Leroy.
	Beaugrand.		Gobert.
	Bertet.		Ferret.
	Henry.		. . . .

A

PERSONNAGES DANSANS.

ACTE PREMIER.

SYRIENS.

Le citoyen VESTRIS.

Les citoyens St.-Amand, Moreau.

SYRIENNES.

La citoyenne GARDEL.

Les citoyennes COLLOMB, DELISLE, LOUISE.

Les citoyens Delahaye, Beguin, Bozon, Courtois, Gueneté, Biquier, Riviere, Saron.

Les citoyennes Barrée, Bourgeois aînée, Bourgeois cadette, Seuriot, Courtois, Langlois, Eugens, Deslauriers.

JEUNES FILLES D'ANTIOCHE, *portant des fleurs.*

Les citoyennes MILLIERE, MONROY.

Les citoyennes Jacotot, Gauthier, Boilaye, Buisson, Gabriel 2.e, Victoire, Eulalie, Billet, Florine, Rivière, Adelle, Jeonette Petit, etc.

PETITS JOUEURS D'INSTRUMENS.

Citoyens Romain, Baptiste, Léon, Toussaint aîné.

Citoyennes Guichard, Delphine, Auguste, Fanie

ACTE TROISIÈME.

ROMAINS.

Le citoyen GIRAUD.

Les citoyennes CLOTIDE, SAULNIER.

Les Citoyens Simonnet, Lebel, L'huillier, Borda,
Honoré, Butteaud.

Les citoyennes Léon, Denisavircel, Hortense, Gabriel 1.re,
Lily, Cornu.

SYRIENS.

Le citoyen AUMER.

Les citoyennes CHEVIGNY, CHAMEROY.

Les citoyens Delahaye, Beguin, Bozon, Courtois,
Biquier, Riviere.

Les citoyennes Barrée, Bourgeois aînée, Bourgeois cadette,
Eugène, Seuriot, Deslauriers.

PARTHES.

Les Citoyens BRANCHU, BEAULIEU.

La citoyenne PERIGNON.

Les citoyens Deschamps, Cantagrel, Verneuil, Saron,
Petit, Casimo, Auguste, Joly.

Les citoyennes Gauthier, Buisson, Boilaye, Gabrielle 2e.

ACTEURS.

ADRIEN,	Cⁿ. *Lainez.*
FLAMINIUS, Consul, ami d'ADRIEN,	Cⁿ. *Dufresne.*
SABINE, Dame Romaine, promise à ADRIEN,	Cie. *Maillard.*
RUTILE, Tribun militaire,	Cⁿ. *Moreau.*
COSROÈS, Roi des Parthes,	Cⁿ. *Adrien.*
ÉMIRÈNE, fille de COSROÈS,	Cie. *Henri.*
PHARNASPE, Prince Parthe, amant D'ÉMIRÈNE,	Cⁿ. *Rousseau.*

Suite de SABINE.   C^{nes}. { *Mulot*, *Gambay.*

Suite d'ÉMIRÈNE.   C^{nes} { *Gabrielle*, *Lily*, *St.-Léger*, *Cornu.*

PRÊTRES SYRIENS, SACRIFICATEURS.   C^{ns}. { *Martin*, *Flanché.*

Six Vieillards Syriens ; trois Princes Parthes captifs ; trois Généraux Parthes captifs ; douze Licteurs ; deux Victimaires ; quatre Prêtres Syriens ; trente-six Gardes Prétoriennes, Soldats Romains ; vingt-sept Soldats Parthes ; dix-huit jeunes Élèves en Soldats Parthes ; deux jeunes Camilles ; six Musiciens ; Huit Porte-Enseignes.

ADRIEN,

OPÉRA EN TROIS ACTES.

ACTE PREMIER.

Le théâtre représente une partie de la ville d'An-
tioche. On voit dans le fond, un pont jetté
sur le fleuve Oronte. A gauche s'élève le
palais d'Adrien, et à droite un temple. Le
tout est disposé et orné pour l'entrée d'Adrien.
Le jour commence à poindre.

SCÈNE PREMIÈRE.

FLAMINIUS, PHARNASPE, COSROÈS
déguisé en soldat.

FLAMINIUS à PHARNASPE.

PRINCE, c'est dans ce jour à jamais glorieux,
Qu'Adrien triomphant du Parthe et de l'Asie,
D'un éclat immortel doit illustrer sa vie :
Aussi-tôt que l'aurore aura rougi les cieux,
Dans les murs d'Antioche il fera son entrée :
On l'attend ; et déjà les ministres des Dieux
    Disposent la pompe sacrée.
Si vous voulez vous offrir à ses yeux,

Étrangers, c'est ici que vous devez l'attendre ;
De sa gloire, pour vous, il daignera descendre,
Et vous honorera d'un accueil gracieux.
Il n'a point des tyrans les maximes cruelles ;
Adoré des soldats, mais au sénat soumis,
Il porte la terreur chez les princes rebelles,
La paix et le bonheur chez les peuples amis.

(Il sort.)

SCÈNE II.

COSROÈS, PHARNASPE.

COSROÈS.

O des Césars, combien l'orgueil m'offense !
Dieux ! et vous perméttez que sous leur glaive
heureux,
    L'Univers fléchisse en silence !
Jusqu'à quand, Jupiter, combattras-tu pour eux ?
    Ah, si ma fille prisonnière
    Par ses dangers n'enchaînoit ma fureur,
Du triomphe moi-même effaçant la splendeur,
Au milieu de l'éclat dont son ame est si fière,
J'attendrois le tyran pour lui percer le cœur.

PHARNASPE.

Ah ! Seigneur, modérez ou cachez votre haine.
    A ce noble ressentiment,

Cosroès se trahit sous ce déguisement.
Proposons aux Romains la rançon d'Émirène.
Mais si, comme on le dit, épris de ses appas,
Le vainqueur a juré de ne la rendre pas,
　　N'écoutons plus que notre rage ;
Mettons tout notre espoir dans un dernier effort,
Ravissons au tyran ce trop précieux gage,
Cherchons aveuglément la victoire ou la mort.

C O S R O È S.

O digne époux d'une fille chérie,
Ta noble audace a soulagé mon cœur.

P H A R N A S P E.

Pharnaspe à votre fille a consacré sa vie,
Il vivra son époux, ou mourra son vengeur.
　　　O Dieux ! témoins de nos allarmes,
　　　　Si des Romains, toujours
　　　　Vous protégez les armes,
Épargnez mon épouse et terminez mes jours.

C O S R O È S.

　　　O Dieux ! auteurs de nos allarmes,
　　　　Si des Romains, toujours
　　　　Vous protégez les armes,
Épargnez mes enfans et terminez mes jours.

(On apperçoit des troupes de soldats et de peuple qui passent de l'autre côté du fleuve, et l'on entend les instrumens qui annoncent la marche.)

PHARNASPE.

Qu'entends-je ?... du vainqueur le triomphe s'apprête.

COSROÈS.

Et nous serions témoins de cette indigne fête.

CHŒUR du peuple.

Ainsi toujours combats pour nous,
Vainqueur du Parthe et de l'Asie,
Et que le ciel qui prend soin de ta vie,
Te comble des biens les plus doux.

(*Le bruit redouble, et le peuple se rassemble
sur la rive opposée et sur le pont, pour voir
Adrien à son passage.*)

COSROÈS et PHARNASPE.

O Jupiter, seconde-nous !
Finis mon malheur ou ma vie ;
Livre ma tête au vainqueur de l'Asie,
Ou fais qu'il tombe sous mes coups.

COSROÈS.

Sur l'Oronte déjà le peuple se rassemble ;
Je ne puis soutenir ces odieux apprêts ;
Pharnaspe, éloignons-nous, et concertons en-
semble
Les moyens d'accomplir nos terribles projets.

(*Ils sortent.*)

S C È N E   I I I.

ADRIEN, FLAMINIUS, EMIRENE, Peuple d'Antioche, Soldats Romains, Prêtres Syriens, Prisonniers Parthes, Femmes d'EMIRENE, RUTILE, Lutteurs, Gladiateurs, Tibiaires, et tout le cortége d'une pompe triomphale.

C H Œ U R de Peuple.

SAGE héros, toujours grand, toujours juste,
Redoutable à l'Asie, et dans Rome honoré,
Soutiens les lois, et que ton front auguste,
S'accoutume au laurier sacré.

(*Après le premier chœur on voit Adrien passer sur le pont, porté sur un pavois.*

C H Œ U R.

Sage héros, etc.

(*Adrien descend. Les peuples vaincus viennent lui rendre hommage, et les Syriens forment plusieurs danses.*)

C H Œ U R de Femmes, *chanté et dansé.*

Chéri de Mars et d'Apollon,

Des ennemis vaincus, César, reçois l'hommage,
Et que l'écho du plus lointain rivage,
Apprenne à répéter ton nom.

C H Œ U R   G É N É R A L.

Sage héros, toujours grand, toujours juste,
Redoutable à l'Asie, et dans Rome honoré,
Soutiens les lois, et que ton front auguste
S'accoutume au laurier sacré.

A D R I E N.

Soldats, fiers soutiens de l'Empire,
Vous voulez que mon bras dirige vos exploits.
Puissé-je des Romains justifier le choix !
C'est la seule gloire où j'aspire.
Ce n'est point moi que vous servez ;
C'est Rome, Rome seule à qui vous vous devez.
Au faîte des grandeurs je saurai reconnoître
Que je suis votre chef, et non pas votre maître.
Respectons, vous les lois, et moi la liberté.
Général et soldats, ce saint nom nous rassemble ;
Général et soldats nous servirons ensemble.
pour la gloire de Rome et sa prospérité.

C H Œ U R , *avec transport.*

Sage héros, etc.

(*Le divertissement recommence, et il consiste*

en danses voluptueuses formées par le peuple de
Syrie, et en jeux militaires des Romains.)

ADRIEN *interrompt le divertissement.*

Dérobez aux captifs l'appareil d'une fête
  Qui peut accroître leur douleur :
Qu'ils entrent au palais, et sur-tout qu'on les traite
Avec tout le respect que l'on doit au malheur.

(*Les captifs passent devant Adrien, et le*
saluent, puis ils entrent au palais. Emirène les
suit avec ses femmes; mais au moment où elle
passe, Adrien l'arrête.)

ADRIEN.

Allez, belle Emirène; embellissez l'asyle
Que j'ai pris soin d'orner pour soulager vos maux;
  Et puisse enfin votre ame plus tranquille,
   Céder aux douceurs du repos!

EMIRÈNE.

Seigneur, depuis l'instant où vainqueur de mon
          père,
Vous m'avez sans pitié ravie à son amour,
Votre captive, en proie à sa douleur amère,
Gémit toute la nuit, et pleure tout le jour.

A D R I E N.

Belle captive, appaisez vos allarmes.
Je ne suis point un farouche guerrier :
Ah ! si mes soins ont pour vous quelques charmes,
Je mettrai mon plaisir à vous faire oublier
      Qu'Adrien fit couler vos larmes.
   Lorsqu'aux vaincus, je donne ici la loi,
Ma puissance sur vous n'étend point son empire,
   Et dans ces lieux où votre cœur soupire,
(*Plus bas.*) Vous êtes plus libre que moi.

F L A M I N I U S, *bas à Adrien.*

O César ! d'un Romain est-ce là le langage ?

A D R I E N, *à part.*

O gloire trop sévère ! ô pénible combat !

R U T I L E, *à Adrien.*

Un prince suppliant, et suivi d'un soldat,
De Cosroès vaincu vient vous porter l'hommage.

F L A M I N I U S.

C'est Pharnaspe.

E M I R È N E, *à part.*

Grands Dieux ! soutenez mon courage.

Adrien.

Emirène, que vois-je ? un funeste nuage
De vos yeux à terni l'éclat.

Flaminius, à César.

Songez à votre gloire.

Adrien, *à part.*

O pénible combat !
(*à Emirène*).
Allez, belle Emirène ; embellissez l'asyle
Que j'ai pris soin d'orner pour soulager vos maux ;
Et puisse enfin votre ame plus tranquille,
Céder aux douceurs du repos !
(*Émirène passe dans le palais avec ses femmes.*)

SCÈNE IV.

ADRIEN, FLAMINIUS, RUTILE,
SOLDATS, PEUPLE.

Adrien.

A mes yeux maintenant l'étranger peut paroître.
(*Rutile sort.*)

Flaminius.

Dans ce jour de triomphe, une femme peut-être...

A D R I E N.

Ami, je vous entends, reposez-vous sur moi.

F L A M I N I U S, *à part.*

Dieux ! César à ce point peut-il se méconnoître ?
Un Romain soupirer pour la fille d'un roi !

S C È N E V.

L E S A C T E U R S P R É C É D E N S.

PHARNASPE, COSROÈS *en soldat*
Parthe. RUTILE *les précède.*

P H A R N A S P E, *à Adrien.*

D ANS ces lieux tout brillans de ta magnificence,
    Quand le ciel voit d'un œil jaloux
Le monde entier de Rome embrassant les genoux,
César, un ennemi vient avec confiance
De ton cœur magnanime implorer la clémence.
Adversaire inégal, j'ai voulu trop long-temps
Au héros des Romains disputer la victoire ;
Mais vaincu par ton bras, ébloui par ta gloire,
Je dépose à tes pieds tous mes ressentimens.

A D R I E N.

Pharnaspe, espérez tout de Rome triomphante :
Oui, même ses rivaux, alors qu'ils sont soumis,
Accueillis dans son sein, deviennent ses amis ;
Et Rome est généreuse autant qu'elle est puissante.

P H A R N A S P E.

Généreuse ! César, tu peux me le prouver ;
C'est toi, c'est ta vertu que je viens éprouver.
Depuis un mois entier la princesse Émirène
Regrette sa patrie, et gémit sous ta chaîne ;
Ordonne, et de ces murs qu'elle sorte avec moi,
Je t'offre une rançon digne d'elle et de toi.

A D R I E N, *fièrement.*

Comment à cet échange avez-vous pu prétendre ?
Je mets toute ma gloire à combattre, et mes mains
Ne font point un commerce indigne des Romains.
César fait des captifs, et ne sait pas les vendre.

P H A R N A S P E.

Ainsi donc, sans rançon, tu consens à la rendre ?

A D R I E N, *avec dépit.*

Du sort des prisonniers Rome doit décider :
Je veux les y conduire ; et la belle Émirène,
Comme un autre, à ma suite, y portera sa chaîne ;
C'est là, Prince, qu'il faut la venir demander.

P H A R N A S P E.

Avant que jusqu'à Rome on la force à te suivre,
Émirène, Seigneur, aura cessé de vivre.
Cette jeune beauté, captive de César,
Seroit indignement attachée à son char !
Crois-tu que son amant souffre cette infamie ?

A D R I E N.

Son amant ? Quel est-il ?

P H A R N A S P E.

Tu le vois devant toi.

A D R I E N, *à part.*

O ciel !

P H A R N A S P E.

A mon amour quand elle fut ravie,
Par les nœuds de l'hymen elle alloit m'être unie,
Et dès long-tems le ciel a reçu notre foi.

F L A M I N I U S, *à part.*

Quelle épreuve, César !

A D R I E N, *à part.*

O destin trop contraire !
(*à Pharnaspe.*)
Mais pourquoi dans ces lieux ne vois-je point son
                                        père ?
                                Respire-t-il

Respire-t-il encore ? A-t-il craint mon aspect ?
Quels sont ses sentimens ?

C O S R O È S, qui s'avance.

Je les sais, il te hait.

A D R I E N.

Qu'entends-je ? quel est donc ce soldat qui
m'outrage ?

C O S R O È S.

Je suis ton ennemi, je le serai toujours ;
Et si le ciel enfin seconde mon courage,
De tes prospérités j'interromprai le cours.

A D R I E N se lève.

Holà, gardes !.. mais non ; dans un jour si prospère,
Je puis bien d'un barbare excuser la colère.

C O S R O È S.

Va ! cesse d'affecter une fausse vertu ;
Réponds-nous sans détour, parle-nous sans mystère :
Rendras-tu la captive, ou la garderas-tu ?

A D R I E N.

Vous avez entendu ma volonté dernière,
Craignez que mes soldats, justement irrités,
Ne vous fassent connoître à qui vous insultez.

B

P H A R N A S P E , *à Adrien.*

Garde cette beauté qui te sera fatale ,
Mais Cosroès un jour peut trouver un vengeur.

C O S R O È S.

Et si sa force égale sa valeur ,
Le deuil suivra de près ta pompe triomphale.
(Il sort avec Pharnaspe.)

SCÈNE VI.

ADRIEN, FLAMINIUS, Soldats, Peuple.

A D R I E N.

D'un barbare ennemi méprisons la fureur,
Mais dans son désespoir qui peut tout entre-
prendre,
Craignons en ce palais de nous laisser surprendre :
Soldats, abandonnez ces lieux ;
J'irai bientôt au camp me montrer à vos yeux.

*(Les soldats sortent sur une marche guerrière ;
le Peuple les suit. Flaminius seul reste près
d'Adrien et l'observe.)*

SCÈNE VII.

ADRIEN, FLAMINIUS.

FLAMINIUS.

CÉSAR, vous m'évitez, ma présence vous gêne,
Et mon zèle importun fatigue votre cœur :
Un autre en ce moment flatteroit votre erreur ;
Mais dussent mes conseils m'attirer votre haine,
J'éclairerai l'abîme où l'amour vous entraîne ,
Et je braverai tout pour vous sauver l'honneur !
    César, c'est Rome qui te prie ;
    Quand la victoire obéit à tes lois,
    Lorsque ton bras triomphe de l'Asie ,
Ne trouble point le cours d'une si belle vie,
César, ne ternis point l'éclat de tes exploits.
    Eh quoi ! déjà ton cœur oublie
Que Sabine dans Rome avoit reçu ta foi ?
    Tu la trahis pour la fille d'un roi !
    César, c'est Rome qui te prie ;
    A l'époux qui reçut sa foi ,
    Rends une esclave trop chérie ,
    Cet effort est digne de toi ;
Ne trouble point le cours d'une si belle vie ;
    Quand la victoire obéit à tes lois,
    Lorsque ton bras triomphe de l'Asie ,
César, ne ternis point l'éclat de tes exploits.
        (*Il sort.*)   B 2

SCÈNE VIII.

ADRIEN seul.

Où suis-je ? et que viens-je d'entendre ?
Du trouble de mes sens je ne puis me défendre.
Eh quoi donc, jusques-là je me laisse avilir !
Lorsque Flaminius à l'honneur me rappelle,
Foible amant, je ne sais que me taire et rougir !
O douloureux combats ! ô peine trop cruelle !
Témoins de ma foiblesse, achevez, justes Dieux,
D'arracher le bandeau qui me couvre les yeux.
Déité des Romains, noble amour de la gloire,
    Dissipe une trop douce erreur :
D'un funeste ascendant viens délivrer mon cœur ;
C'est de toi que j'attends cette grande victoire :
Éclaire ma raison, prends soin de ma mémoire,
Et dirige mes pas dans les champs de l'honneur.

SCÈNE IX.

ADRIEN, ÉMIRÈNE.

ADRIEN, à part.

Justes Dieux ! je la vois... Captive trop chérie,
Faut-il à mon rival que je te sacrifie ?

Non ; le courroux des Dieux me dût-il menacer,
Mon cœur à tant d'attraits ne sauroit renoncer.

ÉMIRÈNE.

Seigneur, je viens à vous interdite et tremblante.

ADRIEN, *à part.*

Ciel !

ÉMIRÈNE *se jette à genoux.*

Laissez-vous toucher à ma voix suppliante.

ADRIEN *la relève.*

Émirène, que faites-vous ?

EMIRÈNE.

Non, laissez-moi, Seigneur, embrasser vos genoux.
On dit qu'à votre char indignement traînée,
Dans Rome, avec mépris, je dois être menée.
Plutôt que de souffrir cet outrage odieux,
Vous verriez Émirène expirer à vos yeux.

ADRIEN.

Pour abaisser l'orgueil d'un rival qui me brave,
A Pharnaspe, il est vrai, j'ai dicté cet arrêt,
Mais en le prononçant mon cœur en murmuroit,
Je sens trop qu'en ces lieux vous n'êtes point
esclave.
Connoissez mieux votre vainqueur,

ADRIEN,

Rassurez-vous, belle captive ;
Rendez le calme à votre ame craintive ;
Jugez mieux de César, lisez mieux dans son cœur.
Avec moi l'aimable Emirène
Dans Rome doit porter ses pas,
Mais du vainqueur elle est la souveraine,
Ce sont les nœuds d'hymen que j'offre à ses appas.

EMIRENE.

Que dites-vous, Seigneur ?

ADRIEN.

Ce que mon cœur m'inspire.

ÉMIRENE.

Captive de César...

ADRIEN.

A vous plaire il aspire.

EMIRENE.

Que diront les Romains et leur orgueil jaloux ?

ADRIEN.

Ils tomberont à vos genoux.

ÈMIRÈNE.

Quoi ! César amoureux !

A D R I E N.

Vous consacre sa vie.

E M I R E N E.

Et ses exploits ?

A D R I E N.

Il vous les sacrifie.

E M I R E N E.

Sa gloire ?

A D R I E N.

Elle s'accroît par un lien si doux.

E M I R E N E.

Sabine impunément sera-t-elle trahie ?

A D R I E N.

Adrien ne connoît, ne voit, n'aime que vous.
N'hésitez pas, belle princesse ;
Ne craignez rien, cédez à ma vive tendresse...

E M I R E N E.

Ciel !

A D R I E N.

Venez, suivez-moi, Rome vous tend les bras.

E M I R E N E, *vivement.*

Seigneur, que dites-vous ? non, ne l'espérez pas.
Fidelle à mon amant, à mon père fideile,

Je ne formerai point une chaîne nouvelle ;
Et Pharnaspe, l'objet de mon premier amour,
Conservera ma foi jusqu'à mon dernier jour.

ADRIEN.

N'abusez point du trouble de mon ame
En nommant un rival, objet de mon courroux ;
Si de César vous méprisez la flamme,
Il peut s'oublier avec vous.

EMIRENE.

Je ne puis vous flatter d'une vaine espérance ;
Seigneur, Pharnaspe seul peut être mon époux.

ADRIEN.

Eh bien! vous connoîtrez ce que peut ma vengeance,
L'audacieux rival tombera sous mes coups.

EMIRENE.

Ayez pitié de moi, Seigneur, appaisez-vous.

ADRIEN.

César impunément ne sera point jaloux.

EMIRENE.

Faites tomber sur moi toute votre colère,
Mais hélas ! épargnez mon père, mon époux.

ADRIEN.

Ingrate, à ma fureur rien ne peut le soustraire,
L'audacieux rival tombera sous mes coups.

SCÈNE X.

ADRIEN, EMIRENE, RUTILE, PEUPLE.

CHŒUR du Peuple *derrière le théâtre.*

DIEUX ! justes Dieux ! secourez-nous.

ADRIEN à EMIRENE.

O Ciel ! quels cris se font entendre ?

CHŒUR de Peuple.

Dieux ! justes Dieux ! secourez-nous.

ADRIEN.

Je l'ai prévu, le Parthe a voulu nous surprendre.

RUTILE.

(*Le Peuple entre en désordre.*)

César, commandez-nous, et venez nous
défendre

CHŒUR.

Ah ! venez nous défendre.

ADRIEN.

Aux armes ! Syriens, Romains, accourez tous.

C H Œ U R.

Aux armes !

A D R I E N.

Que le Parthe expire sous nos coups.

C H Œ U R.

Dieux! protégez César, et combattez pour nous.

A D R I E N.

Aux armes ! Syriens, Romains, accourez tous.

E M I R E N E.

Dieux ! épargnez mon père, et sauvez mon
époux.

(*Elle rentre au palais.*)

S C È N E XI.

ADRIEN, RUTILE, ROMAINS, COSROÈS, PHARNASPE, PARTHES.

(*Tandis que Rutile assemble sa troupe du côté
du temple, et Adrien la sienne du côté du Palais,
on voit Cosroès et Pharnaspe qui repoussent
Flaminius de l'autre côté du fleuve.*)

P H A R N A S P E, *de loin.*

Le Ciel seconde mon courage,
Oui, la victoire est en nos mains.

A D R I E N.

Dieux ! le Parthe vainqueur repousse les Romains !

C O S R O È S, *de loin.*

Frappez, redoublez le carnage.
Oui, la victoire est en nos mains.

CHŒUR de Peuple *sur le devant de la scène.*

Dieux nous levons vers vous nos suppliantes mains,
Repoussez l'ennemi, sauvez-nous de sa rage.

(Pendant ce chœur, Cosroès et Pharnaspe ont chassé Flaminius, et sont maîtres de l'autre rive.)

A D R I E N à R U T I L E.

Ami, par l'autre pont conduisez vos soldats,
Je vais par celui-ci leur fermer le passage ;
Investis par nos fers, ils n'échapperont pas.

(RUTILE sort avec sa troupe par la droite, entre le fleuve et le temple ; ADRIEN avec la sienne monte sur le pont et attaque de front les ennemis.)

SCÈNE XII.

LES PRÉCÉDENS, FEMMES et PRÊTRES.

(Les prêtres ouvrent les portes du temple, les femmes et une partie du peuple s'y précipitent ; le reste avec les prêtres se prosternent sur les marches et embrassent les statues des Divinités.)

PHARNASPE, *de loin en combattant.*

LE Ciel seconde mon courage,
Oui, la victoire est en nos mains.

CHŒUR DE ROMAINS, *en combattant.*

Confondons leur orgueil sauvage,
Montrons que nous sommes Romains.

COSROÈS.

Frappez, redoublez le carnage.

PARTHES.

Frappons, redoublons le carnage.

COSROÈS.

Que la flamme et le fer, instrumens de ma rage,
Exterminent tous les Romains.

CHŒUR DE ROMAINS.

Confondons leur orgueil sauvage,
Montrons que nous sommes Romains.

CHŒUR de PRÊTRES, FEMMES et PEUPLE
devant le temple.

Dieux! nous levons vers vous nos suppliantes
mains;
Confondez l'ennemi, sauvez-nous de sa rage.

(Le combat continue et s'anime; COSROÈS et PHARNASPE repoussent la troupe d'ADRIEN, et lui font repasser le pont; mais FLAMINIUS, qui revient par la rive qui est entre le fleuve et le palais, s'unit à ADRIEN et l'aide à repousser le Parthe. COSROÈS repasse le pont, et il est entraîné dans la fuite par ses soldats; mais, au moment où il veut s'échapper par le côté droit de l'autre rive, RUTILE arrive avec sa troupe, et lui ferme le chemin. Le combat redouble avec fureur de l'autre côté du fleuve; PHARNASPE investi sur le pont par RUTILE, ADRIEN et FLAMINIUS, s'y défend avec rage; mais enfin il est entraîné sur le devant, et, au moment où sa troupe résiste encore, le pont sappé par les Romains s'écroule avec fracas, et renverse dans le fleuve tous les Parthes qui y restoient. COSROÈS, qui vouloit le secourir,

voit crouler le pont presque sous ses pieds, et il est entraîné dans la fuite par les siens. On entend les cris de victoire; et le peuple et les femmes sortent du temple, pour voir le vainqueur qui tient PHARNASPE prisonnier.)

SCÈNE XIII.

ADRIEN, PHARNASPE enchaîné, Prisonniers Parthes, FLAMINIUS, RUTILE, Soldats Romains, Peuple d'Antioche, Femmes et Prêtres.

ADRIEN.

ROMAINS, enfin les Dieux vous donnent la
victoire.

TOUS.

Victoire !

ADRIEN.

Cosroès en fuyant échappe à mon courroux,
Mais Pharnaspe est captif, et suffit à ma gloire.

CHŒUR GÉNÉRAL.

Les Dieux nous donnent la victoire,
Jupiter et César ont combattu pour nous.
Invincible Adrien, rien ne manque à ta gloire,

Non, rien ne peut résister à tes coups.
Les Dieux nous donnent la victoire,
Jupiter et César ont combattu pour nous.

A D R I E N.

Dans le temple des Dieux à nos armes propices,
Soldats, allons offrir nos vœux reconnoissans,
Qu'on prodigue par-tout les parfums et l'encens,
Et que tous nos autels fument de sacrifices.
Allez, et que le Parthe enchaîné sur vos pas,
Apprenne à respecter et Rome et ses soldats.

*(Sur une marche guerrière toutes les troupes dé-
filent devant ADRIEN, et rentrent dans le temple.
Pendant la marche, le peuple témoigne sa joie
en chantant et dansant autour des prisonniers).*

C H Œ U R.

Les Dieux nous donnent la victoire,
Jupiter et César ont combattu pour nous... etc.

Fin du premier acte.

ACTE SECOND.

Le théâtre représente, dans le fond, une montagne qui l'occupe en entier, et qui se prolonge sur tout le côté gauche, relativement aux spectateurs. Cette montagne, taillée presque perpendiculairement, paroît inaccessible; cependant, sur la droite, elle offre un peu de pente, par une croupe hérissée d'arbres et de rochers.

Une grande grotte, placée dans l'angle à gauche, sert d'entrée à un conduit souterrain très-long et très-obscur, et dont l'issue est fermée par une porte.

A la droite, on voit une aîle du palais, ou plutôt une porte avec un escalier qui est supposé aboutir au palais. Vis-à-vis, à gauche, une demi-voûte creusée dans la montagne sert de temple à la déesse DERCETO, divinité de Syrie.

SCÈNE PREMIÈRE.

EMIRENE, RUTILE suivi de soldats Romains.

RUTILE.

OUI, princesse, en ces lieux Adrien va se rendre,
C'est là qu'il doit passer, voilà le souterrain
Qui du palais au camp abrège le chemin,
    Et c'est ici que nous venons l'attendre.

(RUTILE

(*RUTILE poste une partie de ses soldats à l'entrée de la grotte; puis il se place lui-même, avec le reste de sa troupe, à la porte du palais.*)

E M I R E N E, *seule.*

Que puis-je faire, hélas! et que dois-je espérer?
Pharnaspe est dans les fers d'un vainqueur en furie;
Et quand je tremble pour sa vie,
C'est son persécuteur qu'il me faut implorer.
Pardonne, cher amant, pardonne à mes allarmes,
Si d'un cruel rival j'implore le secours;
Les Dieux m'en sont témoins, c'est pour sauver
tes jours,
Que je veux essayer le pouvoir de mes larmes.
Amour, toi qui sus l'attendrir,
A ma tremblante voix viens prêter tous tes
charmes,
Et fais qu'à mes accens il se laisse fléchir.

S C È N E I I.

ÉMIRENE, ADRIEN, RUTILE, SOLDATS
ROMAINS.

E M I R E N E, *à part.*

DIEUX! le voici. Je tremble, et je respire à peine,

A D R I E N, *dans le fond.*

Rutile, suivez-moi. . . . Ciel! je vois Emirène,
Eloignons-nous.

C

EMIRENE.

Seigneur, où portez-vous vos pas ?
Permettez....

ADRIEN.

Je ne puis.

EMIRENE.

Ah ! ne me fuyez pas.
Si ma douleur vous importune,
N'en accusez, Seigneur, que ma triste infortune.

ADRIEN.

Non, laissez-moi...

EMIRENE.

Du moins décidez de mon sort,
J'attends, de votre bouche, ou la vie ou la mort.

ADRIEN.

Princesse, je n'ai point menacé votre vie.

EMIRENE.

Ah ! plût aux Dieux, Seigneur, qu'elle me fût
　　　　　　　　　　　　　ravie,
Et que, moins inhumain, César n'eût point hélas !
De mon époux ordonné le trépas.

A D R I E N.

S'il subit le trépas, on lui fera justice,
Et je laisse aux Romains le soin de son supplice.

É M I R E N E.

Son supplice !

A D R I E N.

Le traître ! il paroît devant moi
Sous le titre sacré d'envoyé de son roi ;
Et sa lâche fureur me tend un piège infâme,
Et porte en mon palais et le fer et la flamme !
Il mérite la mort.

É M I R E N E.

Mais il est malheureux,
Il est votre captif, vous êtes généreux.
S'il périt, hélas ! s'il succombe,
Victime de votre courroux
Percez mon cœur des mêmes coups,
Et couvrez de la même tombe
Votre captive et son époux.
Ah ! s'il faut des Romains assouvir la colère,
Que je meure pour lui, victime volontaire ;
C'est moi qui dois périr, ses crimes sont les miens :
Seigneur, tranchez mes jours, mais épargnez les
siens.
S'il périt, hélas ! s'il succombe,

Victime de votre courroux ,
Percez mon cœur des mêmes coups ,
Et couvrez de la même tombe
Votre captive et son époux.

ADRIEN, *à part.*

O ciel !

ÉMIRENE, *vivement.*

Vous m'écoutez, et votre cœur soupire.
César va pardonner ; sensible à mes malheurs ,
Sa clémence n'a pu résister à mes pleurs.

ADRIEN.

Oui, je veux arracher le trait qui vous déchire.
Que Pharnaspe soit libre et conserve le jour.

ÉMIRENE.

Dieux !

ADRIEN.

J'épargne un rival, jugez de votre empire ;
Mais que fuyant loin de ma cour ,
Il ne se montre plus aux lieux où je respire.

ÉMIRENE.

O divine clémence ! oui, c'est avec raison
Que l'univers respecte et bénit votre nom.

ADRIEN.

Rutile, de Pharnaspe allez briser la chaîne ;

J'accorde son pardon aux larmes d'Emirène ;
Mais quand la nuit obscurcira les cieux ,
Qu'il tremble , si César le retrouve en ces lieux.

(Rutile sort.)

SCÈNE III.

ADRIEN, ÉMIRENE.

ADRIEN à ÉMIRENE.

Eh bien ! vous l'emportez ; et mon cœur trop
sensible ,
Épargne un rival odieux.
Vous seule à mes desirs serez-vous inflexible ?
Et quand vous exigez une preuve d'amour ,
César ne peut-il rien obtenir à son tour ?

EMIRÈNE.

Ah ! Seigneur , quand votre clémence
Sauve les jours d'un Prince malheureux ,
Qu'exigez-vous de moi ? Votre cœur généreux
Veut-il un autre prix que la reconnoissance ?

ADRIEN, *avec transport.*

Oubliez un barbare , et couronnez mes feux ;
Partagez mes honneurs , c'est tout ce que je veux.

C 3

SCÈNE IV.

ADRIEN, ÉMIRENE, FLAMINIUS, SOLDATS.

FLAMINIUS.

SEIGNEUR, des bords du Tibre aux rives de
l'Oronte,
Sabine est arrivée, et vous cherche en ces lieux.

ADRIEN.

Sabine ! juste ciel !

EMIRENE, *à part.*

Quel bonheur !

ADRIEN, *à part.*

Quelle honte !

FLAMINIUS.

Elle vient vous offrir son amour et ses vœux.

ADRIEN.

De paroître à ses yeux je n'ai pas le courage ;
Mon cher Flaminius, éloignez-la de moi.

FLAMINIUS.

Quoi ! Seigneur, pourriez-vous lui faire cet outrage ?
Sabine qui dans Rome a reçu votre foi !..

A D R I E N.

De grace, éloignez-la… juste ciel! je la voi!..

S C È N E V.

ADRIEN, EMIRENE, FLAMINIUS, SABINE,
S o l d a t s.

S a b i n e à A d r i e n.

Seigneur, enfin le ciel comble mon espérance,
Je revois Adrien : les Romains et les Dieux
Ont orné de lauriers sont front victorieux.
J'oublie en le voyant les tourmens de l'absence.
Que de momens cruels loin de vous j'ai passés!
Que les jours étoient longs à mon impatience!
Mais je vous vois enfin ; mes maux sont effacés…
Vous détournez les yeux…vous gardez le silence…
Pourquoi cette contrainte, ou cette indifférence?

A d r i e n, *à part.*

Hélas!

S a b i n e.

Vous soupirez… quel accueil! quel maintien!
Sabine dans César ne voit plus Adrien.

A d r i e n.

Sabine!…

C 4

A D R I E N,

S A B I N E.

Expliquez-vous : quel chagrin vous dévore ?

A D R I E N.

Ciel !

S A B I N E.

Ne déchirez pas un cœur qui vous adore.

A D R I E N, *à part.*

Rien ne peut égaler le trouble de mes sens.
(*haut*) De grace épargnez-moi……

S A B I N E.

Cruel, je vous entends.
Il est donc vrai ! brûlant d'une flamme nouvelle
De votre souvenir vous m'avez pu chasser ?
On me l'a dit cent fois, je n'ai pu le penser :
Fidelle à mon amour, je vous croyois fidèle.
Mais tout ici confirme un funeste soupçon,
Et déjà dans mon cœur il verse le poison.

A D R I E N.

Oui, vous voyez mon trouble extrême,
Je ne le cache point, tous mes sens sont émus :
Frappé de mille objets confus,
Je rougis, je frémis, j'ai honte de moi-même,
Mes yeux sont égarés, je ne me connois plus.
Mon cœur ne cherche point à voiler sa foiblesse ;

Indigne de votre tendresse,
Indigne de votre courroux,
Je ne dois plus songer qu'à m'éloigner de vous
N'attendez pas que je m'excuse,
Je sens toute ma trahison ;
Plus fortement que vous peut-être je m'accuse ;
Mais un charme fatal a séduit ma raison.
Ce trouble me poursuit, me déchire, m'accable ;
A vous, à mes amis, à moi-même odieux,
Je ne dois que vous fuir, et cacher à vos yeux
La honte d'un amant coupable.
Mon cher Flaminius, venez, suivez mes pas ;
Dans ce désordre affreux ne m'abandonnez pas.

*(Il entre sous la grotte, Flaminius le suit,
ainsi que les Soldats qui gardoient le Palais
et le souterrain)*

S C È N E V I.

S A B I N E, É M I R E N E.

S A B I N E, à elle-même.

JUSTE ciel! est-ce à moi que ce discours s'adresse?
Est-ce ainsi qu'il m'accueille? est-ce ainsi qu'il me
laisse ?
Des maux qu'on m'anonçoit et dont j'ai tant douté,
J'éprouve donc enfin l'affreuse vérité!

(*Haut.*)

A cet etrange accueil, je devine sans peine,
Que j'ai devant mes yeux la superbe Émirène;
Et je m'étonne moins, depuis que je la voi,
Que César soit séduit, et trahisse sa foi.
Qui peut à tant d'attraits disputer l'avantage?

É M I R E N E.

Au lieu de m'adresser un discours qui m'outrage,
Plaignez plutôt le sort qui s'attache à mes pas;
Si vous le connoissiez, vous ne l'envîriez pas.

S A B I N E.

Croyez-vous me tromper à force d'artifice?
Votre vainqueur au moins se rend plus de justice.
Justes Dieux! une esclave, et la fille d'un roi,
Triomphe de César, et l'emporte sur moi!
Je sais tous vos desseins, captive ambitieuse;
Mais tremblez; votre orgueil a tout à redouter:
Oui pour vous des honneurs la route est périlleuse,
Et la mort vous attend où vous voulez monter.
  De Rome craignez la colère,
Elle fixe sur vous ses terribles regards.
Rome souffrira-t-elle une esclave étrangère
Assise insolemment au palais des Césars?
  Déjà ma vengeance s'apprête.
Du peuple, des soldats j'armerai la fureur
Contre l'indigne esclave, et son lâche vainqueur.

Je leur demanderai ta tête ;
Et quiconque est Romain deviendra mon vengeur.

ÉMIRENE.

Dans mon cœur malheureux si votre œil savoit lire,
Vous vous repentiriez d'un injuste courroux ;
Et... que vois-je, grands dieux ! Pharnaspe ! mon
                                           époux !

SABINE, *à part.*

Son époux ! que veut-elle dire ?

SCÈNE VII.

SABINE, EMIRENE, PHARNASPE.

PHARNASPE.

Oui, c'est lui que tu vois tomber à tes genoux.

ÉMIRENE.

Mon époux près de moi !

PHARNASPE.

                    L'amour sut m'y conduire.

SABINE, *à part.*

Qu'entends-je ?

P H A R N A S P E.

On me défend de rester en ces lieux ;
En m'ordonnant de fuir, on a rompu ma chaîne,
Mais Pharnaspe dût-il expirer à tes yeux,
Il n'a pu s'éloigner sans revoir Emirène.
Dieux ! dont j'ai tant de fois imploré le secours,
Prolongez des momens, et si doux, et si courts.

E M I R E N E à S A B I N E.

De vos soupçons cruels connoissez l'injustice :
Vous voyez si mon cœur est rempli d'artifice.

S A B I N E.

Généreuse étrangère, excusez ma fureur ;
L'affreuse jalousie a causé mon erreur ;
Mais, sans vous fatiguer d'une excuse stérile,
Ecoutez mes desseins, je veux vous être utile.
Adrien est absent, fuyez loin de ce bord :
Vous êtes seuls ici, l'occasion est belle.

P H A R N A S P E et E M I R E N E.
Dieux !

S A B I N E.

Et je vais chercher un esclave fidèle
Qui guide votre marche et vous conduise au port.

P H A R N A S P E.
O ciel !

E m i r è n e.

Que dites-vous ?

S a b i n e.

> Que tout vous favorise.
Qu'aux chaînes du vainqueur vous pouvez
> échapper,
Que j'ai trop d'intérêt à ne pas vous tromper,
Et que je vais chercher quelqu'un qui vous
> conduise.
> (*Elle sort.*)

SCÈNE VIII.

PHARNASPE, ÉMIRENE.

P h a r n a s p e.

QUELLE est cette étrangère ? Et quel Dieu dans
> son sein
A mis ce généreux dessein ?

E m i r e n e.

De César autrefois la main lui fut promise,
Elle a cru que sur lui j'aspirois à régner,
Et des yeux d'Adrien elle veut m'éloigner.

P h a r n a s p e.

Saisissons le bonheur que le ciel nous envoie.

ÉMIRENE.

Dieux puissans ! exaucez nos vœux.

PHARNASPE.

Bonheur inespéré !

EMIRENE.

Que de larmes de joie
Mon père va répandre en nous voyant tous deux !

PHARNASPE.

Espoir consolateur !

ÉMIRENE.

O moment plein de charmes !

ENSEMBLE.

O du sort bienheureux retour !
Qu'il est doux après tant d'allarmes,
Qu'il est doux de revoir l'objet de son amour !

SCÈNE IX.

PHARNASPE, ÉMIRENE, SABINE,
UN ESCLAVE.

SABINE.

PHARNASPE, fiez-vous à ce guide fidèle.
Allez, Prince, volez où l'amour vous appèle ;

Les chemins sont ouverts ; ce vaste souterrain
Et du fleuve et du port abrège le chemin :
D'un habitant des lieux je m'en suis informée,
Deux routes en sortant s'offriront à vos pas,
La gauche mène au fleuve, et la droite à l'armée,
Saisissez la première, et ne la quittez pas.

ÉMIRENE.

O ciel ! avec Pharnaspe on pourra me surprendre !

SABINE.

Tandis que de la fuite il fera les apprêts,
Princesse, quelque tems il vous faudra l'attendre.

PHARNASPE.

Je vais tout disposer pour nos heureux projets :
Jusqu'à la nuit, au port, j'ai le droit de descendre ;
Et quand tout sera prêt au gré de nos souhaits,
Dans ces lieux écartés je viendrai te reprendre.

TOUS TROIS.

O Dieux ! daignez nous protéger :
Secondez un dessein que l'amour nous inspire ;
A ce larcin daignez sourire,
Et de nos pas écartez le danger.

(*PHARNASPE entre sous la grotte avec son
guide, et SABINE rentre dans le palais.*)

SCÈNE X.

E M I R E N E , *seule.*

Au milieu du bonheur que le sort me présente
Je ne sais quel pressentiment
Trouble mon cœur et l'épouvante.... ,
Et je tremble pour mon amant.
Éloignons de nos yeux cette funeste image,
Concevons, s'il se peut, un plus heureux présage,
Espérons tout des Immortels :
Oui, Pharnaspe, les Dieux prendront soin de ta
vie ;
Nous reverrons bientôt notre chère patrie,
Mon père, nos amis, nos temples, nos autels,
Et l'hymen serrera la chaîne qui nous lie....
J'entends des cris affreux, et des gémissemens...
Le bruit s'appaise.'... Il recommence....
Au haut de ces rochers quelle foule s'avance ?
Dieux ! ce sont des Romains qui courent aux
combats.
Fuyons. A leurs regards ne nous exposons pas.
Grands Dieux ! de mon époux écartez les allarmes.
(*Elle sort.*)

SCÈNE

SCÈNE XI.

*(On voit sur la montagne Cosroès avec une
troupe de Parthes. Ils poursuivent des Romains,
et en égorgent plusieurs. Cosroès a pris la dépouille
d'un Romain et s'en est revêtu.)*

COSROÈS, PARTHES, sur la montagne.

COSROÈS.

POURSUIVEZ, arrêtez, frappez tous les Romains,
Point de grace ! Qu'aucun n'échappe de vos mains,
Et prenez comme moi leur dépouille et leurs
armes.
Sous ce déguisement nous nous cacherons mieux,
Et de nos ennemis nous tromperons les yeux.

*(Les soldats Parthes dépouillent les morts
et prennent leurs casques, leurs épées, leurs
boucliers.)*

COSROÈS, *au bord du rocher.*

Mes amis, c'est ici qu'il nous faudra descendre.
La route est difficile et le péril certain :
Mais pour la gloire il faut tout entreprendre ;
Suivez-moi, Cosroès vous montre le chemin.

*(Ils descendent péniblement de rochers en ro-
chers, et en se suspendant aux arbres et aux*

D

brossailles : ceux qui sont en bas les premiers
élèvent leurs boucliers, pour faciliter la descente
des autres.)

C O S R O È S, *au bas de la montagne.*

Oh ! mes amis, le ciel protège mon dessein.
   Retirons-nous sous cette grotte sombre ;
   Marchons sans bruit, et cachons-nous dans
                l'ombre,
Et lorsque le tyran passera près de nous,
Qu'il tombe au même instant percé de mille coups.
(*à voix basse.*)
   Dieux des enfers, Pluton ! sois-nous propice,
   Je te prépare un brillant sacrifice ;
Vas ! nous ne mourrons point sans nous être
                vengés.

C H Œ U R.

Dieux des enfers, Pluton ! *etc.*

C O S R O È S.

Percé de mille coups que le tyran périsse,
   Et que le fer des Romains égorgés
   Soit l'instrument de son supplice.

C H Œ U R

Percé de mille coups, *etc.*
   (*Il se retire en silence sous la caverne.*)

SCÈNE XII.

ÉMIRENE *revient seule, lentement et avec crainte.*

LE tumulte a cessé, je n'entends plus de bruit;
A l'horreur des combats un calme affreux succède.
O cher époux, c'est toi que j'appelle à mon aide,
  Viens dissiper la frayeur qui me suit....
Il ne vient point... Hélas !.. chaque moment m'ac-
                                        cable.
Tout se taît.... Nul mortel ne paroît à mes yeux.
Ah! puisse-t-il choisir ce moment favorable
Pour hâter notre fuite, et sortir de ces lieux.
Peut-être de la grotte on a fermé l'issue ;
Voyons....

(Elle s'approche de la grotte.)

COSROÈS.

Frappez, soldats, frappez, il est à nous.

ÉMIRENE.

Qu'entends-je! cette voix ne m'est point inconnue?

COSROÈS.

Frappez, et redoublez les coups.

E M I R È N E.

Juste ciel! je me meurs....

(*Elle tombe évanouie derrière un rocher qui est à droite à l'entrée de la grotte, de manière qu'en sortant du souterrain on ne peut l'appercevoir.*)

S C È N E   X I I I.

ÉMIRENE *évanouie*, COSROÈS, Soldats Parthes, ADRIEN *dans la grotte.*

COSROÈS, *en sortant de la grotte.*

C'EN est fait, il expire.
Grands Dieux! j'obtiens enfin le prix que je desire.
(*Aux soldats.*) Fuyez, nos desseins sont remplis.

A D R I E N , *dans la grotte.*

Vous n'échapperez pas, perfides ennemis.

COSROÈS.

Dieux! quelle voix!...

(*Les Parthes fuient avec précipitation en jettant leurs armes, et ils remontent de rochers en rochers comme ils sont descendus. Cosroès reste seul.*)

A D R I E N , *dans la grotte.*

Romains, achevez votre ouvrage.
Poursuivez, égorgez, n'écoutez que la rage ;
Sondez tous les détours, cherchez dans tous les
lieux.

(*On entend un grand tumulte et un cliquetis*
d'armes dans la grotte.)

C O S R O È S.

Ciel ! il respire encore ! impitoyables Dieux ,
Vous égarez mes coups , vous trompez ma ven-
geance.
Que vois-je ? c'est lui qui s'avance.
Que faire ?... en ce réduit tentons encor le sort ;
Si le tyran m'y cherche , il trouvera la mort.

(*Il se cache sous le petit temple qui est du côté*
gauche ; Émirène, qui est revenue à elle, le voit,
et croit, à son déguisement, que c'est un Romain.)

E M I R E N E.

Je tremble ! quel Romain , dans ce lieu se retire ?
Il tient un fer sanglant ! quel sang a-t-il versé ?
O cher époux !....
(*Elle retombe.*)

SCÈNE XIV.

LES PRÉCÉDENS, ADRIEN, SOLDATS ROMAINS.

ADRIEN.

ENFIN le traître est repoussé ;
Il a cru me frapper, grace au ciel ! je respire.
Quand j'ai sauvé ses jours, ce perfide assassin
Pour prix de mes bienfaits veut me percer le sein.

SCÈNE XV.

LES PRÉCÉDENS, RUTILE, PHARNASPE
conduit par des Soldats Romains.

RUTILE, *montrant* PHARNASPE.

CÉSAR, voici l'auteur de l'attentat impie.

COSROÈS, *dans le temple.*

Pharnaspe entre leurs mains !

ADRIEN à PHARNASPE.

Traître lâche et cruel,
Quand je brise tes fers, quand j'épargne ta vie,
Tu me veux pour adieu porter un coup mortel.

PHARNASPE.

Moi vouloir te frapper! c'est une calomnie.

CHŒUR de Soldats Romains.

A la mort qu'il n'échappe pas.
Laissez-nous à vos yeux lui donner le trépas.

ÉMIRENE *accourt.*

Barbares, arrêtez, épargnez la victime.

COSROÈS, *à part.*

Ma fille!

ÉMIRENE.

Mon époux n'est point l'auteur du crime,
Le meurtrier est un Romain.

ADRIEN, *et tous les Romains.*

Ciel!

ÉMIRENE.

Je l'ai vu sortir de cette grotte sombre,
J'ai vu le fer sanglant qu'il tenoit dans sa main,
Il a fui dans ce temple, il s'y cache dans l'ombre.

COSROÈS, *se montrant.*

Ne cherche pas plus loin, tu vois le criminel.

ADRIEN.

Un Parthe déguisé!

É M I R E N E.

Dieux ! c'est mon père !

P H A R N A S P E.

O ciel !
Cosroès !

A D R I E N.

Cosroès !

C O S R O È S.

Oui, tyran, c'est lui-même ;
Il a soif de ton sang, il veut s'en abreuver.

(*Il court sur* ADRIEN*, mais les Romains lui arrachent le fer et le saisissent.*)

A D R I E N.

Traître, connois des Dieux la justice suprême ;
Ils ont trompé ta rage, ils m'ont su préserver.
Mais ton supplice est prêt, et ta mort est certaine.

E M I R E N E.

Ah ! Seigneur, écoutez....

A D R I E N.

Je n'écoute plus rien.

E M I R E N E.

Verrez-vous sans pitié la tremblante Emirène ?

A D R I E N à C O S R O È S.

Tu desirerois mon sang, je verserai le tien.

C O S R O È S.

Ne crois pas m'effrayer.

A D R I E N.

Soldats, qu'on les entraîne.

E M I R E N E.

Ah! cruels, rendez-moi mon père, mon époux.

P H A R N A S P E.

Dieux! sauvez Cosroès, je me livre à vos coups.

A D R I E N.

Qu'ils meurent! rien ne peut appaiser mon
courroux.

C O S R O È S.

Cosroès en mourant bravera ton courroux.

C H Œ U R de Soldats.

Qu'ils périssent tous deux, qu'ils tombent
sous nos coups!

*(Les Soldats entraînent Cosroès et Pharnaspe,
Emirène s'attache à son père et ne veut pas le
quitter, Adrien rentre au palais.)*

Fin du second acte.

ACTE TROISIEME.

Le théâtre représente un vaste péristile du palais d'Adrien. Le fond est un jardin qui s'étend jusqu'au fleuve Oronte. Des montagnes couronnent l'horison.

SCÈNE PREMIERE.

SABINE, DAMES ROMAINES, MATELOTS.

S A B I N E, *en entrant.*

AH! ne me parlez plus de l'ingrat qui m'outrage ;
Fuyons, abandonnons ce funeste rivage.
Vous, pour un prompt départ allez tout préparer.

(Les Matelots prennent le chemin du fleuve, et montent sur un vaisseau qu'ils ont l'air d'apprêter pour le départ.)

Puissent les vastes mers qui nous vont séparer,
Effacer de mon cœur cette cruelle injure,
Et me faire oublier jusqu'au nom du parjure !

U N E   R O M A I N E.

Ah ! plutôt.....

S a b i n e.

C'est assez. Qu'avant la fin du jour,
Tout soit prêt pour quitter cet odieux séjour.
Allez.
(*Les femmes de Sabine s'éloignent.*)

S C È N E I I.

S a b i n e, *seule.*

O jour affreux! ô comble de misère!
J'ai donc quitté ma patrie et mon père;
Des flots et des combats j'ai bravé le danger,
Pour chercher un affront sous un ciel étranger!
Dieux de l'hymen, Dieux que j'atteste,
Venez, vengez-vous, vengez-moi,
Et frappez du courroux céleste
L'époux qui m'abandonne et qui trahit sa foi.
Il est donc vrai! je suis trahie.
Ma douleur, mon amour, rien n'a pu le fléchir.
Je l'aimois : pour l'ingrat j'aurois donné ma vie...
Ah! plus il me fut cher, plus je dois le haïr.
Quittons ces lieux que je déteste;
Remontons sur ces mers, et chassons de mon cœur
L'image de l'ingrat qui cause mon malheur.
Perdons le souvenir d'un amour si funeste,
Chassons, effaçons de mon cœur

L'image de l'ingrat qui cause mon malheur.
　　On vient.... ciel ! c'est lui qui s'approche !

SCÈNE III.

SABINE, ADRIEN.

ADRIEN *vient lentement d'un air pensif.*

DIEUX ! Sabine ! évitons un trop juste reproche.
　　　　　　　　(*Il veut s'éloigner.*)

SABINE.

Pourquoi me fuyez-vous, Seigneur ? ne craignez
　　　　　　　　　　　　　　　rien :
Je vous dispenserai d'un fâcheux entretien ;
Vous n'aurez pas long-tems à souffrir ma présence,
Et votre amour.....

ADRIEN.

　　　　Cessez un discours qui m'offense :
Je n'ai point oublié tout ce que je vous doi,
Et croyez que mon cœur...

SABINE.

　　　　　　Perfide , laisse – moi.
Il n'est plus tems d'employer l'artifice.
Redoute les Romains , ils me feront justice.
Souviens-toi que plus grand, plus chéri des soldats,

Titus se vit contraint à chasser Bérénice,
Et qu'Antoine en Afrique a trouvé le trépas.

(Elle sort.)

SCÈNE IV.

ADRIEN, seul.

REDOUTE les Romains... Eh! que pourront-ils
dire ?

Sans doute de l'amour ils connoissent l'empire ?
Voudroient-ils me forcer à dicter mon malheur !
Ne pourrai-je à mon gré disposer de mon cœur ?
Et de mon sort enfin ne suis-je pas le maître ?
Oui.....

SCÈNE V.

ADRIEN, RUTILE.

RUTILE.

SEIGNEUR, devant vous Cosroès va paroître.

(Il se retire.)

ADRIEN.

Poursuivons mes desseins, et tâchons en ce jour
D'accorder, s'il se peut, ma gloire et mon amour.
Faisons fléchir l'orgueil du père d'Émirène ;
Voyons si son courroux.... mais c'est lui qu'on

amène.

SCÈNE VI.

ADRIEN, COSROÈS, RUTILE, GARDES.

COSROÈS, *enchaîné.*

QUE me veut-on ? combien ai-je encore à souffrir ?
Cosroès est captif, il est prêt à mourir ;
Qu'exiges-tu de lui ?

ADRIEN.

     J'exige qu'il m'entende,
Qu'il réprime sa haine, ou du moins la suspende.
Les Dieux entre mes mains ont remis votre sort,
Vous m'avez offensé, j'ai juré votre mort :
A son gré mon pouvoir ou punit ou pardonne.
Ici tout m'obéit, et tout vous abandonne.
Sans crainte, sans remords je puis trancher vos
        jours,
Vous êtes sans appui, sans espoir, sans secours,
Le sort vous ravit tout..... César veut tout vous
        rendre.

COSROÈS.

Que dis-tu ?

ADRIEN.

Ce discours a droit de vous surprendre,
Mais notre inimitié peut finir à jamais.
A vous solliciter c'est moi qui veux descendre,
Et c'est votre vainqueur qui demande la paix.

C o s r o è s.

Tu mets sans doute un prix à de si grands bienfaits?

A d r i e n.

Oui, la main d'Émirène est le bien où j'aspire,
Je vous rends à ce prix et la vie et l'empire.

C o s r o è s.

J'ai prévu ta réponse. Eh quoi donc! un Romain
De la fille d'un roi desireroit la main ?
Jusqu'à la demander sa majesté s'abaisse ?
Justes Dieux! les héros ont-ils tant de foiblesse ?

A d r i e n.

Prince, c'en est assez, vous m'avez entendu ;
A ces conditions tout vous sera rendu.

C o s r o è s.

(*haut.*)
César, mon choix est fait. Qu'on appelle Émirène.

A d r i e n.

(*à Rutile.*)   (*aux Gardes.*)
Allez.   Et vous, Soldats, qu'on détache sa chaîne.

C o s r o è s.

Non, laissez-moi mes fers, je n'en sens plus le
poids.

A D R I E N.

Pourquoi les conserver ?

C O S R O È S.

Je le veux, je le dois.

A D R I E N.

Vous refuseriez-vous au nœud que je desire ?

C O S R O È S.

Qui pourroit refuser et la vie et l'empire ?

A D R I E N, *à part.*

Accepte-t-il mes dons ? Veut-il dissimuler ?
(*haut.*)
Emirène paroît.

C O S R O È S.

Laisse-moi lui parler.

SCÈNE VII.

ADRIEN, COSROÈS, ÉMIRENE, GARDES.

E M I R E N E, *voyant Cosroès enchaîné.*

O mon père !

C O S R O È S.

Ma fille, appaise tes allarmes ;
Nous triomphons : taris la source de tes larmes.

EMIRENE.

E M I R E N E.

O ciel! que dites-vous?

C O S R O È S.

Tu vois quel est mon sort;
J'ai bravé le Romain , il a juré ma mort:
A son gré son pouvoir ou punit ou pardonne,
Tout le craint, tout l'adore , et tout nous aban-
donne ,
Sans scrupule, sans crainte, il peut trancher mes
jours ,
Nous sommes sans appui, sans espoir , sans se-
cours...

E M I R E N E.

Eh bien ?

C O S R O È S.

Ce changement a droit de te surprendre ;
Le sort me ravit tout, César veut tout me rendre.

E M I R E N E.

Oh ciel!

A D R I E N à E M I R E N E.

Et c'est de vous que dépend son déstin.

E M I R E N E.

Ah! s'il dépend de moi, son bonheur est certain.

C O S R O È S.

Ma fille, consens-tu d'obéir à ton pére ?

E M I R E N E.

Sans doute.

C O S R O È S.

Promets donc d'accomplir mes souhaits.

E M I R E N E.

Pour conserver vos jours que ne dois-je point faire ?

C O S R O È S.

Eh bien ! écoute donc ma volonté dernière :
Déteste ce tyran autant que je le hais.

E M I R E N E.

Grands Dieux !

A D R I E N.

Qu'ai-je entendu ? quelle fureur barbare !

E M I R E N E, *à son père.*

Hélas ! ignorez-vous le sort qu'on vous prépare ?

C O S R O È S.

J'ai tout prévu.

E M I R E N E.

Mon père, ah ! daignez m'écouter.

C O S R O È S.

Quand on attend la mort, que peut-on redouter ?
(*à Adrien.*)   Foible Romain, as-tu pu croire
Que je m'abaisserois à flatter tes amours,
Et que pour conserver quelques malheureux jours,
    Je voudrois souiller ma mémoire ?
Par l'aspect des tourmens ne crois pas m'ébranler.
Au milieu des bourreaux je conserve ma gloire,
Et mon dernier soupir peut te faire trembler.

E M I R E N E, *avec effroi.*

O mon père !

A D R I E N à C O S R O È S.

Barbare !

C O S R O È S.

            Exerce ta vengeance,
Je brave ton orgueil et ta vaine puissance ;
Ni le fer ni le feu ne me feront pâlir,
Viens, suis-moi, Cosroès veut t'apprendre à mourir.

E M I R E N E.

O funeste fierté !

A D R I E N.

Rutile, qu'on l'entraîne,
                            E 2

E M I R E N E.

Ciel!

A D R I E N , *aux Soldats.*

Et vous, dans ces lieux retenez Emirène.

(*Rutile emmène Cosroès avec une partie des Gardes, les autres empêchent Emirène de suivre son père.*)

S C È N E   V I I I.

É M I R E N E ,   S O L D A T S.

E M I R E N E.

Aн! barbares, du moins ne nous séparez pas:
O ciel! on me retient, on arrête mes pas.
Mon père va périr…. je n'ai plus d'espérance ;
Grands Dieux! par mon trépas terminez ma souf-
france.

S C È N E   I X.

É M I R E N E , P H A R N A S P E , S O L D A T S
dans le fond.

P H A R N A S P E.

Eмirène!

E M I R E N E.

Ah! Pharnaspe en ces lieux ?

P H A R N A S P E.

                    Oui, j'accours
Pour te rendre ton père, et conserver ses jours.

E M I R E N E.

Hélas! il n'est plus tems, César veut qu'il périsse,
Il a déjà peut-être ordonné son supplice.

P H A R N A S P E.

Tu peux l'en préserver, tu n'as qu'à le vouloir.

E M I R E N E.

Par quel moyen, grands Dieux?

P H A R N A S P E.

                    Par un grand sacrifice ;
Oublions notre amour, ne songeons qu'au devoir.

É M I R E N E.

Que dis-tu ?

P H A R N A S P E.

      Ce Romain est épris de tes charmes,
Il t'adore, il peut tout accorder à tes larmes.
Offre-lui cette main promise à mon amour,
Et ton père à ce prix conservera le jour.

É M I R E N E.

Que me conseilles-tu ?

PHARNASPE.

Ce que l'honneur m'inspire,

ÉMIRENE.

Et tu pourras vivre sans moi ?

PHARNASPE.

Ne me demande pas quel sera mon martyre ,
Mais sauver Cosroès est ma première loi.

EMIRENE.

Pardonne, cher amant, pardonne :
D'un si pénible effort mon cœur s'est allarmé.
Quand il faut que je t'abandonne ,
Pourquoi te montres-tu si digne d'être aimé ?

PHARNASPE.

Renonçons pour jamais aux momens pleins de
charmes ,
Dont nous avons conçu l'espoir :
Ne m'affoiblis point par tes larmes ;
En te voyant pleurer, j'oublirois mon devoir.

EMIRENE.

O cruel sacrifice !

PHARNASPE,

Hélas ! trop nécessaire ?

E M I R E N E.

Il faut donc te quitter ?

P H A R N A S P E.

Il faut sauver ton père.

E M I R E N E.

Et toi, qu'espères-tu ?

P H A R N A S P E.

M'éloigner.... (*à part.*) et mourir.

E M I R E N E.

Tu vas m'abandonner ?

P H A R N A S P E.

Ton père va périr.

E N S E M B L E.

O trouble affreux qui me dévore !
Dans ce moment où je reçois

L'adieu de $\begin{Bmatrix} \text{celui} \\ \text{celle} \end{Bmatrix}$ que j'adore,

Hélas ! lorsque sa douce voix
Dans mon cœur retentit encore,
C'est donc pour la dernière fois,

Que je l'entends, que je $\begin{Bmatrix} \text{le} \\ \text{la} \end{Bmatrix}$ vois.

O trouble affreux qui me dévore ! *etc.*

S C È N E   X.

PHARNASPE, ÉMIRENE, ADRIEN,
RUTILE.

A D R I E N, *sortant du palais.*

J'AI tardé trop long-tems à punir son forfait,
Allez de ce barbare ordonner le supplice.

(Rutile sort avec les Gardes.)

E M I R E N E.

Ah ! Seigneur, arrêtez, que ma voix vous fléchisse !

A D R I E N.

Non.

E M I R È N E.

Daignez m'écouter, vous serez satisfait.

P H A R N A S P E.

Ton épouse à tes pieds implore ta clémence.

A D R I E N.

Mon épouse !

P H A R N A S P E.

Seigneur, Emirène est à toi.
Elle t'offre sa main, elle renonce à moi :
Puisse-t-elle à ce prix désarmer ta vengeance !

A D R I E N.

Qu'entends-je ?

P H A R N A S P E.

Je lui rends sa foi.
Oui, dussé-je en perdre la vie,
Pour sauver Cosroès, je te la sacrifie,

A D R I E N.

O générosité qu'à peine je conçoi !
Émirène !

E M I R E N E.

Seigneur !

A D R I E N.

Vous gardez le silence ?

É M I R E N E.

Pharnaspe vous répond de mon obéissance.
Je subirai la loi que vous m'imposerez :
Et pourvu que mon père vive,
Votre épouse, ou votre captive,
Je vous suivrai par-tout où vous me conduirez.
Ah ! ne craignez pas qu'Emirène
Vous accuse jamais de causer son malheur ;

Elle vous chérira comme un libérateur,
Et son cœur oublîra qu'il eut une autre chaîne.
Je vous suivrai, *etc.*

SCÈNE XI.

LES PRÉCÉDENS, SABINE, FLAMINIUS, FEMMES DE SABINE.

SABINE.

SEIGNEUR, lorsque je vais abandonner ces lieux,
Daignerez-vous au moins recevoir mes adieux ?

ADRIEN.

Vous partez ?

SABINE.

Pouvez-vous en ignorer la cause ?
Vous n'osiez m'ordonner l'exil que je m'impose,
Et de cet embarras je vous ai soulagé.

ADRIEN.

O ciel !

SABINE.

Ne craignez rien d'un amour outragé ;
Je ne médite point une indigne vengeance :
Et quand vous m'accablez de votre indifférence,
Autant que votre cœur le mien n'a point changé.

Jouissez d'un destin prospère ;
Que vos jours soient heureux comme ils sont
éclatans :
Oui, j'impose silence à mes ressentimens,
Je force mon cœur à se taire,
Et j'oublîrai bientôt, j'espère,
Que j'avois reçu vos sermens.

A d r i e n.

A fuir si promptement, qui vous a donc réduite ?

S a b i n e.

Je n'ai d'espoir, Seigneur, que dans la fuite,
Et c'est Flaminius qui doit m'accompagner.

A d r i e n.

Flaminius ! eh quoi ! mon ami m'abandonne !
(*à part.*)
Qu'ai-je entendu, grands Dieux ! quelle horreur
m'environne ?

F l a m i n i u s.

Tout m'avertit, Seigneur, que je dois m'éloigner.

A d r i e n.

Vous me quittez aussi, vous ami si fidèle ?
Vous qui m'avez donnez tant de preuves de zèle ?
Vous que j'aimois enfin ! qui m'aimiez.…

F L A M I N I U S.

Oui, Seigneur ;
Mais vous aimiez alors vos devoirs et l'honneur.

A D R I E N , *à part.*

O reproche cruel ! ô honte insupportable !

SCÈNE DERNIÈRE.

ADRIEN , PHARNASPE , FLAMINIUS, ÉMIRENE , COSROÈS , RUTILE , Gardes, Peuple *de Syrie* , Licteurs.

(*Les Licteurs conduisent* Cosroès *enchaîné.*)

R U T I L E.

César , les Sénateurs ont jugé le coupable.

ÉMIRENE et PHARNASPE.

Dieux !

R U T I L E.

Ils ont condamné Cosroès à la mort ;
Ordonnez, les licteurs vont terminer son sort.

A D R I E N.

Oui, je veux me venger, oui, je veux vous punir,
Vous qui conspirez tous à me faire rougir :

(*à Flaminius.*)
Je te rends grace, ami, dont l'austère sagesse
Osa, pour me sauver, éclairer ma foiblesse :
Et je bénis la main qui vient de m'arrêter
Aux bords du précipice où j'allois me jetter :
Cosroès, recevez, la liberté, l'empire ;
Avec votre amitié promettez-nous la paix,
Je ne l'exige point, Prince, je la desire.
Que nos ressentimens s'effacent pour jamais ;
Qu'Émirène et Pharnaspe, unis par l'hyménée,
Me doivent de leurs jours la trame fortunée ;
Et vous, fière Sabine, acceptez un époux
Que Rome et vos vertus rendront digne de vous.

S a b i n e, É m i r è n e et P h a r n a s p e.

O clémence ! ô grandeur ! ô bonté tutélaire !

A d r i e n à S a b i n e.

Pardonnez à mon cœur une erreur passagère.

É m i r è n e.

Heureux par vos bienfaits, nous allons vous bénir.

P h a r n a s p e.

Et ton nom va régner dans le vaste avenir.

S a b i n e.

Dieux ! je revois enfin l'Adrien que j'adore.

A D R I E N.

Eh bien ! Flaminius, me quittez-vous encore ?

F L A M I N I U S.

A cet heureux retour je m'étois attendu,
César, je n'ai jamais douté de ta vertu.

C O S R O È S, *à qui on a ôté les chaînes.*

Je ne puis résister au transport qui m'anime.
Oui, César ma vaincu. Jadis, par sa valeur,
   Il avoit conquis mon estime,
  Par ses vertus il a gagné mon cœur.
         (*Ils se donnent la main.*)

C H Œ U R G É N É R A L, à A D R I E N.

  Les Dieux veilleront sur ta vie,
Jeune héros, ton nom ne périra jamais.
  Par tes exploits tu subjuguas l'Asie,
   Mais tu règnes par tes bienfaits.

A D R I E N.

Que les Parthes captifs soient libres désormais :
De l'olivier sacré couronnons notre tête,
   Sur les autels jurons la paix,
Et que d'un double hymen on célèbre la fête.

Chœur.

Les Dieux, *etc.*

(La pièce finit par un Divertissement, dans lequel on célèbre le double mariage d'Adrien et de Sabine, de Pharnaspe et d'Émirene.)

FIN